DESAMADA

MIDRIA

DESAMADA
Um corpo à espera do amor

1ª edição

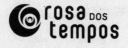

Rio de Janeiro
2023

Copyright © Midria, 2023

Todos os direitos reservados. É proibido reproduzir, armazenar ou transmitir partes deste livro, através de quaisquer meios, sem prévia autorização por escrito.

Design de miolo: Laura Daviña

CIP-BRASIL. CATALOGAÇÃO NA PUBLICAÇÃO
SINDICATO NACIONAL DOS EDITORES DE LIVROS, RJ

M573d   Midria
        Desamada / Midria. - 1. ed. - Rio de Janeiro : Rosa dos Tempos, 2023.

        ISBN 978-65-89828-23-5

        1. Poesia brasileira. I. Título.

                        CDD: 869.1
23-86026   CDU: 82-1(81)

Meri Gleice Rodrigues de Souza - Bibliotecária - CRB-7/6439

Este livro foi revisado segundo o Acordo Ortográfico da Língua Portuguesa de 1990.

Direitos desta edição adquiridos pela
EDITORA ROSA DOS TEMPOS
Um selo da
EDITORA RECORD LTDA.
Rua Argentina, 171 – Rio de Janeiro, RJ – 20921–380
Tel.: (21) 2585–2000.

Seja um leitor preferencial Record.
Cadastre-se no site www.record.com.br
e receba informações sobre nossos lançamentos e nossas promoções.

Atendimento e venda direta ao leitor:
sac@record.com.br

Impresso no Brasil
2023

Para a solitude que aprendi a cultivar.
Para todos os momentos em que me senti sozinha e desamparada.
Para Giovanna, por quem me apaixonei reciprocamente no caminho.

"E como que eu vou ser
O príncipe encantado
Do conto de fadas que tu foi fazer
Então não vem dizer

Acho que a nossa comunicação falhou
Eu falava toma e tu escutava amor
Era gostoso, mas você se emocionou
Era gostoso, mas você se apaixonou"

Mari Fernandez, "Comunicação falhou"

toda vez que eu li este livro eu chorei
gritando, ou pra dentro de mim mesma

Tarefas do processo criativo

- Terminar de ler *Mulher negra: afetividade e solidão* de Ana Cláudia Lemos Pacheco
- Fazer um ensaio sensual
- Transar com alguém depois de uma festa
- Transar com alguém que eu quero e conheço só pelo Instagram
- Me tornar estudiosa de pinto e buceta
- Usar um aplicativo de relacionamento em viagem, fora da minha cidade
- Fazer aulas de *twerk*
- Sempre dizer quando eu quero beijar alguém
- Sair com pelo menos sete pessoas de um aplicativo de relacionamento
- Marcar um *date* comigo mesma
- Fazer massagem tântrica mais uma vez
- Colocar um DIU para me prevenir nos encontros que serão com pessoas que têm pênis

PARTE 0
Monólogo

I
Corpo

Eu me pergunto em voz alta no meio da madrugada:
Corpo, você quer sair para jantar?
Pegar uma praia inesperada, assistir a um filme na Netflix
    sexta-feira; posso fazer uma conchinha com a gente
    mesma, corpo?
Corpo, quais são nossas memórias, nossas dores e
    licenças poéticas para dançar qualquer canção como
    se estivéssemos sendo observadas por alguém que
    nos corteja
Sem querer dizer que não somos boas o suficiente para
    performar o papel da namorada branca, que não sou
    eu nem é você
Corpo, eu aprecio nossa solitude, mas odeio que seja nossa
    única opção
Isolamento social não melhora as coisas quando você tem
    23 e tanto fogo no rabo estocado
Corpo, nós somos engraçadas e gostosas e fazemos rir e
    gozar e até o tantra estudamos e falamos quatro ou
    cinco línguas, mas Luedji já cantaria a canção de ninar
    de um corpo só
    no mundo
Com tantos diplomas, troféus, prêmios e seguidores
Mas nem um só que compre
O título que tire nosso *status* de solteira

Quantas sessões de cinema, corpo? Quantos planos não
    feitos? Aromas de flores não recebidas de buquês

não mandados? Quantas não caronas? Quantos não
essa aqui é, não sou *minha sua namorada*? Quantas
viagens feitas sozinhas? Quantas vontades de falar mal
sobre um ex na roda de amigas, mas, para começo de
conversa, sequer ter tido algum. Quantas filas sem ter
com quem reclamar no WhatsApp?
A que preço escrever sobre as nossas dores, corpo? Colocar
no papel todo o peso encarnado do preterimento;
Eu já te peço desculpas de antemão
Não sairemos bonitas na foto, talvez nos pensem
desvairadas e carentes
O que somos!

Corpo, eu te amo e sinto pena de quem não ama ainda
Peço desculpas por nos despir assim
Você é tudo o que eu tenho para que me vejam
Caminho humana para nossa subjetividade

este é meu livro mais triste e mais bonito
estou obcecada por ele
por colocar no papel 23 anos de solidão
que eu espero que acabem aqui
este é o testamento da minha solidão
ela está proibida no tempo restante da minha vida
kkkkkk

Microcontos sobre a solidão
de mulheres negras

Uma amiga passou seis anos sem beijar durante a
   adolescência
Outra transou pela primeira vez aos 27 anos
Outra dormiu de conchinha com o cara de quem havia
   acabado de levar um fora
Outra foi tratada como cachorro pela primeira mulher
   que amou
Outras tantas foram pioneiras em suas vidas artísticas
   e acadêmicas, mas morreram pobres e esquecidas
Outra (...)
Outra, outra, outra, outra e outra
E tantas dessas outras sou eu
E tantas dessas somos nós umas nas outras

pequena coleção de poemas
sobre solidão da mulher negra

I
eu poderia escrever um livro inteiro sobre a sensação de
estar sozinha, mas preferi esta pequena coleção de poemas

II
dormi às 19h
acordei às 23h
chorei e gritei com os deuses sobre me mandarem ao mundo
    sem a chance de me sentir amada
dormi
acordei no dia seguinte para um show da Luedji, para ouvir
    aquele álbum que reflete tudo que sinto

III
ir a restaurantes sozinha,
porque quero comer,

                mas também porque não tenho
                a opção da companhia

IV
o dia em que na praia, sozinha, me ofereceram cerveja
    e perguntaram se queria me juntar ao grupo
era um grupo legal, porém não bebo cerveja
fariam o mesmo convite a um homem?

V
a certeza de que nenhum poema que eu escreva pode
acabar com essa merda

VI
nunca ter apresentado ninguém à minha família

VII
nunca ter sido apresentada à família de ninguém

VIII
voltar para casa depois de uma longa viagem e não saber
se alguém além do porteiro do prédio, da minha vó e da
amiga que mora comigo sentem a minha falta

IX
ver homens negros amando mulheres brancas

lembrar que das quatro esposas do meu pai, incluindo
minhas mães, todas foram mulheres brancas

X
ter ido àquele show da Luedji sozinha

XI
antes do café da manhã já começar a me sentir sozinha

XII
nunca ter sido chamada de namorada

XIII

começar a odiar a felicidade de casais desconhecidos
e invejar a monotonia de um casal que pega uma fila junto
sem dizer uma palavra

o casal só troca carinhos
e eu toco meu celular fingindo responder à mensagem
    de alguém
que nem existe

XIV

me sentir uma fraude por ser uma mulher do século 21,
gerada à minha época para ser feminista, porém
assumidamente sentindo que há uma parte que falta

XV

ain't got no earth, ain't got no faith, ain't got no touch,
ain't got no god, ain't got no love

A pior parte
da solidão

A pior parte da solidão da mulher negra
Não sei ao certo se está no preterimento, na exclusão desde
a escola, da última a ser chamada para fazer grupo de
trabalho, par de dança na quadrilha da escola, a festa na
casa de alguém
Ou se nasce em casa mesmo, na família interracial onde a
negritude não tem qualquer espaço, onde você é aceita
pela metade e se dobra aos traços impostos, cabelo
alisado, fios de conta escondidos por debaixo das vestes,
sem qualquer debate sobre militância ou cotas étnico-
-raciais, por favor
Você só causa
Você só quebra o clima [racista]

A pior parte da solidão da mulher negra
Não sei se é na universidade, na academia dizendo:
seja bem-vinda, desde que estude os temas que te
cabem por ser quem é, chaveirinho de professor
A imposição de ler quem não sabe nada sobre de onde vim,
epistemes brancas que se pretendem únicas e ideais
Uma subjetividade negada para caber no espaço da
universalidade
branca+cis+hétero+europeia+semdeficiência+alta+magra+
burguesa
Leituras de séculos atrás apagando as urgências de corpas
insurgentes do presente

A pior parte da solidão da mulher negra
Não sei ao certo se está nisso de no mercado afetivo ser a
    carne mais barateada, pisoteada, deixada no fundo da
    própria autoestima como a última opção
Sem merecimento do verbo ser
Amada?

Ainda me atrevo a dizer
Que a pior parte da solidão da mulher negra
Pra mim
Cá no fundo
Tá no fato

De que o mundo perde tudo aquilo que a gente explode
    dentro da gente
querendo partilhar
A pior parte da solidão da mulher negra está de tempos
    em tempos na ressaca de lembrar
que tem esse lado mais íntimo dos afetos que o racismo
    toca, molda
E não tem nada que eu possa fazer, queimar estátua,
    passeata, protesto, abaixo-assinado, posição na Câmara,
    reconhecimento

Que me dê
A ação afirmativa de ser amada

A pior parte da solidão da mulher negra é guardar em mim
O afeto inteiro que eu sempre me senti pronta
para despejar no mundo

Quando minha vó me diz que beijar na boca é muito bom

E deseja que eu tenha logo alguém para namorar, porque
a experiência de ser amada tem gosto doce para ela
e ela quer que meu corpo tenha a felicidade de sentir o
mesmo

Quando minha vó me diz que namorar é uma delícia
me faltam as palavras que expliquem para ela o peso de
estar sozinha sem ter escolhido
estar sozinha

ainda não sei explicar

Para minha avó que eu tanto amo
que nem sempre meu corpo é afetado pelo afeto do outro
da maneira recíproca
como nas memórias dela
do que era ser namoradeira

Tenho todos os atributos, vó, já elogiaram minhas coxas
de passista de frevo, a primeira da turma, engraçada,
amável, *graciosa*: me disse uma das minhas mães a
infância toda

mas não sei como explicar

Que os meninos que gosto são não monogâmicos quando o
assunto sou eu, que as meninas com quem eu saio só me
veem como amiga, que não pareço caber na caixinha,
namorada é palavra estranha aos meus ouvidos
palavra doce que a senhora tanto ouviu, vó

Beijo na boca
Frio na barriga
Sorvete na pracinha
Pular o muro para ir ao circo
Eu adoraria tudo isso e mais, vó

mas não sei como te explicar

solidão

solidão
eu não quero escrever mais poema nenhum sobre você

será que alguém já foi apaixonade por mim?
obcecades eu sei que sim
mas apaixonade ao mesmo tempo que eu
com reciprocidade, sentimento sincero
suspeito que nunca tive essa sorte
(ou sempre foi mais rápido do que eu pude sentir)

Para a próxima pessoa que me amar
(ou a primeira)

Cuidado ao entrar aqui, por favor
Eu trago traumas
Mas te prometo poemas, muito sinceros, do fundo do meu
    âmago dolorido
Eu juro que estou tentando fazer o meu melhor para não
    reproduzir todos os padrões desajustados de relações
    que vi enquanto crescia, do meu pai que traiu
    e abandonou minhas duas mães grávidas
Das duas depressões pós-parto que ele causou
Eu me esforçarei cada segundo para colocar em prática os
    anos de terapia que me ajudaram a enxergar para além de
    mim mesma
Você saiba de antemão que tenho a sabedoria e as dores no
    corpo de uma velha
A paciência de Obatalá me guia e a frenética de Oxaguiã me
    impulsiona
Eu tenho me cuidado
Me cuido muito
Não deixo de ir ao médico sempre que algum sintoma
    estranho surge
Eu tenho medo de adoecer como minha querida chefe
    adoeceu
Ela não gostava de ser chamada de chefe, mas honestamente
    é muito difícil explicar termos em inglês para minha vó
E eu amo minha avó
Ela é uma das pessoas que eu mais amo no mundo
E isso é bastante importante que você saiba e anote no seu
    caderninho de referências sobre mim

Assim como eu amo minha prima mais nova e não queria
    que ela crescesse
E sou apaixonada por Zé Vaqueiro e João Gomes,
    ultimamente tenho ouvido "Comunicação falhou", da
    Mari Fernandez com o Nattan, e chorado copiosamente
    aleatoriamente lembrando das dores que guardo nos
    seios
Uma espinha saiu no meu peito e quando a espremi meu
    peito sangrou
Meu peito sangra às vezes, poemas, canções, dificuldades
    de entender
Por que o moço disse que me levaria embora se pudesse?
Eu te guardo as melhores expectativas, eu nem sei quem
    você é
Ou quando vem
Mas já conversei baixinho com Oxum, comprei o chocolate
    preferido para minha moça
E estou me preparando para você
Para ser eu com esse você intangível por ora
Te aguardo
Vem logo

digo para minha melhor amiga que não sei se sei ser amada
ela diz que como aquarianas gostamos de conquistar as
    pessoas
e depois o desejo diminui
eu acho que é um pouco verdade
mas um pouco mentira
eu não sei se sei ser amada
mas quem já acessou meu amor? quem já pediu para entrar
    e de fato ficar? quem?

eu cresci ouvindo sobre os corações partidos das mulheres
nas canções do calcinha preta
hoje eu ouço piseiro
e não quero reproduzir as histórias tristes
mas elas me contemplam

nota mental:
pesquisar canções de amor com reciprocidade
preciso delas para expandir meu imaginário, me inspirar e
    ter a trilha
para quando o amor chegar

quem vai me acompanhar na endoscopia?

Querer alguém

Eu quero alguém
Que eu possa apresentar para minhas duas mães e minha
avó
Alguém para quem eu conte a história complicada sobre
como minha família se formou
Um tanto deformada, como num lar-mulher em que o
abandono paterno vem e faz falta, porém nem tanto
assim
Alguém que possa frequentar os inúmeros churrascos
que minha família faz, e dos quais amigues sempre
comentam:
Midria, sua família está sempre reunida fazendo churrascos
E essa pessoa também irá comentar
Sobre o quanto minha família faz churrascos

Vamos planejar coisas juntes, viagens, quem sabe uma casa
partilhada, casamento e filhes rechonchudes
Mas o mais importante de tudo, poderei reclamar de filas
com essa pessoa no meio do dia
Sobre as pequenas alegrias da vida de uma adulta que hoje
se sente só
Mas que com a chegada dessa pessoa talvez se esqueça um
pouco da memória de se sentir só

Mas este poema deve ser doce
Tão doce quanto o amor dessa pessoa

Essa pessoa para quem apresentarei minhas duas mães e
    minha avó
A pessoa com quem farei o teste sobre as linguagens do
    amor e descobriremos que toque é
o mais importante para nós dues
E marcaremos sessões de massagem na minha cama,
    escalda-pés com camomila e lavanda
Essa pessoa me lembrará da minha predisposição a doenças
    gástricas quando eu pensar
em comer qualquer gororoba na rua
E faremos aulas de *fit-dance* juntes na sala de casa, porque
Tô querendo te beijar de novo
O teu beijo me enlouqueceu
Tudo que a gente já fez foi pouco
Quero sentir seu corpo no meu

Ah, ah, ah

E não nos faltarão conchinhas e vista pro mar dos
    afetos de dentro e toques que pareçam labaredas e
    imersões gastronômicas astrológicas orgasticamente
    desenharemos novas possibilidades de sermos quem
    somos

Eu terei com quem usar meu curso de tantra
E falaremos besteira aos pés de ouvidos sensíveis que se
    derreterão crateras todas no espaço entre o desejo e
    o sonho

Essa pessoa com quem eu falarei sobre os conflitos
    geopolíticos no Sudão e sobre o medo
de morrer sozinha e a vontade de sair dançando em lugares
    públicos sem que me peçam e
de gritar vai descer motô no ônibus e sobre sentir que
    mulheres negras são menos amadas do que cachorros
    de estimação e de descobrir outros talentos meus
E de querer amar
E ser amada

Como o mundo até agora não deixou

Mas este não é um poema sobre a solidão da mulher negra
E sim o vislumbre de um mundo onde eu viva sem ela

Exercício de terapia

Carência central: Eu não sou capaz de ser amada
Experiência negativa: Todas as contínuas rejeições de
   pessoas com quem me relacionei ou por quem me
   interessei
Valor fundamental: Pessoas por quem me interesso não
   demonstram reciprocidade, em especial nos círculos
   próximos e por vezes começam a sair com outras
   pessoas do mesmo círculo (que muitas vezes são
   brancas)
Emoções negativas: Sensação de deslocamento, falta
   de merecimento, solidão, isolamento emocional,
   impossibilidade de me abrir num sentido mais íntimo
   com as pessoas

[Será que eu sou demissexual?]

PARTE I
Pai e outras rachaduras

não tenho medo de ser abandonada
tenho memória

Por um tempo eu desenhei a vida de uma menina branca
Quando era criança, oito ou nove anos, adorava fantasiar
sobre o universo de Laura
Meu *alter ego*, de olhos azuis e cabelos loiros, morava em
uma mansão, tinha um quarto só para si, mãe e pai
ainda juntos, um mundo perfeito para chamar de seu

Eu não quero mais ser Laura
Mas o quanto sê-la ainda é sinônimo de plenitude e
felicidade?

Das crianças negras que não tiveram pai eu sou mais uma
Criar Laura recriava essa parte da minha subjetividade
perdida
Eu queria ser como Laura

Será que Laura cresceu e já tem namorado?

A memória da ausência do meu pai
Esperá-lo por horas na janela do quarto de minha vó que
     dava para a rua
Se ele disse que virá às 10h, saiba que desde às 7h estaremos
     te esperando
Eu e meu pequeno irmão
Já sabendo que na verdade você só chegará às 18h
Mas a cada barulho de moto na rua correremos para a
     janela do quarto que já não existe mais
Para saber se é você
E não será até às 20h

Pai, seus atrasos
me ensinaram a ser mais radiante e paciente do que deveria
     com as migalhas de amor

Quando um dos primeiros toques que toca seu corpo é o do
    abuso
Tudo se torna eternamente confuso e dá medo
de se abrir, de pronunciar as palavras que descrevem que
    seu corpo foi machucado, com medo de que sua família
    compare você com a filha da Joelma quando denunciou
    o Ximbinha
E digam que quando eram pequenas também sofreram
    abusos de tios já mortos
E que por ele ainda ser criança tudo não passou de uma
    brincadeira, mesmo que você se lembre de criar infinitas
    estratégias para evitar o toque
E dizer que não queria brincar de mamãe e papai, nem de
    titia e titio, nem de vovó e vovô
Que se fosse para ser, você seria o homem
E sua psicóloga hoje elogia sua neuroplasticidade por, aos
    três anos de idade, tentar reverter uma situação como
    essa reconhecendo as posições de poder que existem na
    sociedade
Mas o buraco permanece ali na garganta e na memória
de que por anos o abuso foi sua companhia antes de dormir,
    o amigo sombrio, o desejo
de fugir do próprio corpo, o desajuste
Quando se é uma menina negra e um dos primeiros toques
    que toca seu corpo é o do abuso

Eu queria voltar no tempo e abraçar bem forte minha
eu criança, cantar canções de ninar enquanto nos
balançávamos na rede, acariciar seus cabelos cacheados,
dizer para ela que era linda como nasceu, que nós somos
muito fortes juntas, mas não deixamos de merecer ternura,
e dizer que ela fez tudo certo como pôde e soube e que o
mundo nos deve desculpas, mas enquanto não chegam, nós
o enfrentamos com o que há de mais bonito em nós

No meu aniversário trouxeram presentes também pro meu
    irmão
Ele sempre foi bonito e querido, menino branco de cabelos
    castanhos e olhos de mel, sagitariano doce e afetuoso

No aniversário dele, um casal de amigos de nossa mãe
    perguntou quem eu era
Mesmo eu já estando ali há cinco anos, aquariana
    inteligente, comportada e alegre
— mas fisicamente muito diferente dela

E elogiaram a coragem da mulher branca em criar a menina
    negra filha do ex preto

A bisa portuguesa disse no leito de morte que eu faria a
    família sofrer, quando meu irmão ainda estava na
    barriga e eu tinha quatro anos na beirada da cama

Na ausência do meu pai, eu fui a pessoa negra que sobrou
E que, mesmo sendo amada, ouviu sobre ser macaca,
    e *prende esse cabelo aí*, e *nega maluca* aos oito anos, e
    valderrama bethânia e gal você parece em tom pejorativo, e
    café-com-leite é melhor do que ser negra, e *alisa esse cabelo ou
    eu te expulso de casa*

Crescendo na família interracial eu fui pouco a pouco sendo
    expulsa de dentro de mim mesma
e descobrindo que a melanina me tornava invisível

PARTE II

Todas as pessoas com quem já me envolvi e posso contar nos dedos

Até então eu só tinha gostado do Emerson e do Gustavo
Eles eram colegas de turma do fundamental, dois meninos
    negros, um que jogava bola bem demais e apostávamos
    que seria o próximo Pelé
O outro, fã de todas as bandas de rock conhecidas e
    desconhecidas no universo

Minha paixão pelo Emerson acabou aos sete anos quando
    o bilhete em que eu confessava o amor por ele foi
    interceptado pela professora
A pelo Gustavo, quando nos beijamos aos doze na saída
    da escola e senti um gosto terrível de peixe vindo das
    nossas bocas juntas

Eu comecei bem

O grande evento da Escola Estadual Recanto Verde Sol[1] era
a ida ao finado parque de diversões Playcenter algumas
vezes ao ano
Eu era a última pessoa a ser escolhida para dançar nas
festinhas e no passeio ao parque não seria diferente
Por mais que eu me dedicasse, All-Star com cadarços
listrados, calça colorida, franja alisada caindo sobre os
olhos, óculos Ray-Ban, eu ainda continuaria a ser vista
somente como a menina negra magrela e insignificante

Na saída de um dos passeios toda a turma volta para o
ônibus
como de costume, uma das amigas pergunta para geral:
E aí, pegou quantos?
Os números exorbitantes surgiam *vinte, quarenta, cinquenta
e seis, setenta e oito, noventa* — e eu ouvi falar de alguém
que pegou mais de cem
A pergunta para mim já tinha resposta certa: nenhum
mas como assim nenhum???
vamos resolver isso agora

Mais rápido do que me lembro, essa amiga sai gritando
pela janela em direção ao estacionamento *quem quer
beijar minha amiga?* e, no meio de um grupo de meninos
marombas muito mais velhos que nós, avista um "mais
mirradinho"

---

1   Escola Nova, para es íntimes.

é ele mesmo! quem quer beijar minha amiga? pode ser ele — a
professora não deixa mais ninguém descer do ônibus
— *ô menino, faz escadinha no ombro do seu amigo fortão*
para ficar na altura da janela, vai, amiga, eu faço bico pro
selinho, o garoto apoiado nos ombros do amigo diz que
não subiu até ali para dar um selinho e enfia a língua na
minha boca
Não teve gosto de peixe dessa vez, só o medo de que o
ônibus desse a partida no meio do beijo

E depois ficou o calor na nuca onde a mão do menino tocou

Eu comecei bem, com todas as controvérsias, acho que sim

depois gostei de outros meninos da escola e do curso de
inglês, todos meio insignificantes
(mais eu para eles do que eles para mim)

Entre altos índices de gravidez na adolescência durante a escola: a solidão foi uma bênção?

Eu não lembro o nome da primeira garota que beijei,
quantas pessoas me beijaram sem sequer perguntar meu
nome?

Lembrei, é Gabriela

E a gente se beijou escondido, na saída da apresentação da
mostra de teatro anual no ensino médio, ela era afilhada
do coordenador pedagógico e fomos para uma rua escura,
duas acima da escola, atrás de um poste para que ninguém
nos visse; era noite, qualquer gato miando nos assustava,
senhorinha subindo a ladeira que poderia ser a zeladora da
escola; Gabriela tinha dito para uma amiga que queria me
beijar e na volta do CEU decidimos que era ali ou nunca

Mas foi quente, molhado e gostoso como o beijo de todas as
     meninas que vieram depois
e que sempre me mostraram que vale a pena beijar meninas,
mesmo com medo de ser expulsa da escola (ou da vida), vale

Eu andava com quatro meninos mais velhos que já eram
    amigos antes que eu me tornasse amiga deles
Foi no aniversário de quinze anos da filha da dona da lojinha
    de açaí do bairro
Fiz par com o mais mirradinho (e gentil) deles
Não que eu gostasse dele, não gostava mesmo
Mas um par em festa de quinze anos vira motivo de fofoca
    na escola inteira
E, depois da dança, eu fiquei falada como a dita
    namoradinha de V
Quando na verdade, do grupo entre Vs, L e I, eu gostava
    mesmo de L
Eu era grande amiga de L, nos falávamos todo santo dia
    madrugadas a fio
Criei grandes expectativas de que tudo seria com ele
O jeito misterioso, cabelo em um topete invejável
Acabou que L era apaixonado por C, o que me fez entender
    na pele pela primeira vez o que significava a rivalidade
    feminina
C proibiu L de falar comigo quando começaram a namorar,
    L acatou
Eu perdi o amigo e a ilusão

Misturada com a carência depois da escola
vieram as paixões várias por amigas, na faculdade acho que
   me apaixonei por todas
— que não eram héteras
Eu fui misturando migalha de afeto com solidão e a vontade
   de ser vista

Perdi a virgindade com aquele menino que era do Rio e
    passava por São Paulo
E na semana seguinte, quando expulsa de casa, visitei o
    Rio e o menino, na praia nos beijamos com quentura
    e desejo

Na vez seguinte em que ele veio a SP, dormimos juntos no
    quarto da pensão onde me abriguei; ele sem me contar
    que eu não era a única poeta que visitava na cidade
Eu não entendi nada muito bem, era dado que
    transaríamos, foi meio sem sentido
Mas foi embora e acabou

Duas semanas depois ele me disse que a vida estava
    confusa demais
e menos de um mês depois apareceu namorando (ao
    menos ela era preta)

Teve também aquela amiga depois de uma festa da
   faculdade
Gata demais, vegana, idealista, um sonho de mulher
Nos vimos duas vezes, em uma delas, café da manhã na
   minha casa
Dois dias depois ela disse que, mesmo não monogâmica,
   não dava conta de mais uma relação

Eu entendi

Ele era um sonho bonito demais para ser verdade

Digo até hoje que é a pessoa mais bonita com quem já fiquei,
um pretão chave, de respeito, a barba dele me deixava
maluca roçando no meu pescoço

Daí na festa de uma amiga ele flertou com outro garoto na
minha frente

Eu ignorei e seguimos

Até que eu disse a ele algo sobre pensarmos a vida de um
jeito mais positivo

E ele me bloqueou

Língua
ou
A primeira mulher que amei

Ainda me lembro do primeiro beijo
de como sua língua fazia cócegas
parecendo querer me atravessar
chegar até o meu umbigo

Com o tempo sua boca foi diminuindo
assim como sua fome por mim

Perdida, com tesão e fome de vida

Tenho vivido dias intensos
Dado voltas dentro de mim mesma
Sem saber exatamente se tem um fundo
Aqui dentro, que sustente tudo aquilo que me deixa de pé
Às vezes o sentimento de viver pela euforia me invade
Eu sou aquela ainda, que um dia levou uns bons tapas
Da psicóloga que me disse o que meu ego precisava

Crescer, eu tenho receio e desconhecimento dessa palavra
É literal, 1,56 m
Com uma *crush* que tem 1,75 m, nota mental: preciso contar
    que tenho um *crush* por ela
Antes talvez jogar no tarô, para ter certeza de que é melhor
    me declarar on-line ou se o jogo é aparecer de surpresa
    e num dia dizer que voltei ao Butantã para fazer aula de
    frevo e aparecer na casa dela
Com óleo essencial de alecrim e meu coração aberto, como
    quem diz, assim, *me pega no colo, que eu deixo*
Eu deixo tudo que você quiser, se você quiser eu tô on-line
Já escrevendo poemas de amor antes que um amor se
    concretize porque é o que minha Vênus em Peixes
    permite

Eu tenho saudade do flerte, do toque, da pressão, dos dedos,
    da língua, do sorriso de canto de orelha, de cintura, de
    umbigo, de pescoço, ombro, cabeça, cachos, nariz gelado,
    saliva

Eu tenho saudade de gente e me pego pensando se essa
    saudade não é mais forte nesses dias em que eu tento
    um pouco fugir de mim
24 por sete na pandemia, não tem um momento mais
    coletividade em que eu possa me tornar assim,
    apagadinha para não ter que lidar com tudo que anda
    aqui dentro?
Me misturar com os aromas que não me pertencem e só me
    deixar relaxar

Eu não sei se tenho relaxado ou só fingido normalidade
Com esses dias de tela grudada na cara, eu sou minha
    extensão.png? Eu não aguento mais o Instagram,
    pressão para criar, eu não sou blogueira, eu sou poeta
POETA, PORRA
Com nenhum perdão da palavra

Eu tô feliz, nostálgica, triste, indignada, estraçalhada,
    desgovernada, abatida, moída, desmembrada e
    anestesiada

Eu não aguento mais nada
Nem mais um a
Eu tô triste, feliz e triste e esperançosa e com tesão
Percebi que faltava bem menos do que esperava para me
    formar na faculdade, um tantinho de créditos e semestre
    que vem eu já bacharelo

Licenciatura mais pra frente, quem sabe? Mas aí eu me
lembrei daquela visita à assistência social em que uma
moça na licenciatura reclamava com a atendente não
poder mais receber bolsa e daí me recordo que é melhor
mesmo garantir que eu continue estagiária pelo tempo
que falta

Mas eu tenho tantos planos que já gostaria de tudo mesmo
para agora, mestrar, doutorar, tem essa vontade de
estudar fora, usar o francês que aprendi em Itaquerá
(leia com sotaque francófono), quem sabe o italiano,
fazer uns cursos de verão, pós-doutorar, amar amar e
amar

Sempre encontrar sentido naquilo que colocar no mundo

Mesmo que o sentido seja esse de só colocar a subjetividade
para fora

EU SOU POETA

E TARÓLOGA

EU SOU FILHA

DO MEU PAI

DE DUAS MÃES

UMA VÓ E UMA VILA

EU SOU quase cientista social

Eu sou um projeto de antropóloga

Eu sou tudo aquilo que minhas ancestrais sonharam para
mim?

Eu sou o começo do fim de mim mesma

Sim, eu sou mulher, negra, periférica, classe trabalhadora,
  bissexual, todos esses marcadores, mas o que mais
  importa aqui, agora, perdida, com tesão e fome de vida é

Será que eu mando este poema para ela?

Incerto

É muito cedo para começar a escrever poemas?
minha Vênus em Peixes diria que não
Eu ri, sobre como no carnaval sua farra foi interrompida
    pelo conselho de um guia
que te lembrou, menino,
da importância de se preservar
Você tem essa árdua facilidade de se desconsertar, você
    torrencialmente se desaba e se reconstrói como se fosse
    nada
Você de carapinha vermelha, você de cabelinho na régua,
    você sem camisa, você na minha cama, você no metrô e
    o abraço demorado, você e dedos que não se despedem
    como num filme, você e eu escrevendo este poema sem
    querer te mostrar, acho que não vou mostrar nunca, não
    sei se vou
não sei se você deixa
Me permite?
tirar um pouco de caos da sua vida?
Eu prometo ser porto seguro, sacerdotisa, vem ler tarô
    comigo de manhã ouvindo Liniker e tomemos café com
    os pães que você jura serem feitos com uma técnica
    altamente aumentativa de crocância e mesmo que pra
    mim não faça diferença nenhuma entre a chapa pré-
    -aquecida e aquecer enquanto o pão se faz
Eu deixo você preparar os pães
Eu deixo você sentar com roupa da rua na poltrona do meu
    quarto

Eu deixo você se instalar no meu coração
se prometer
que me deixa prometer
te entregar um pouquinho do que dá
daquilo que a solidão como mulher negra não me ensinou,
    mas que eu luto pra aprender
sobre amar e ser amada
como o mundo não deixou

Acho que esse poema está exagerado demais
talvez seja só um desejo momentâneo
não vejo a hora de poder ouvir de minhes própries guias se
    você fica ou se vai
se você pode ficar
todos os sinais me apontam que eu deveria correr de você
todos os sinais me dizem que não é você
essa pessoa para quem eu escrevo meus poemas mais
    bonitos
sobre o fim da solidão

Será que foi só uma noite? será que você vem de novo?
tirar meus ikans, deixar que eu chore na sua boca, minha
    língua mole na sua, meus dedos bobos para te ver, eu te
    travando com as pernas antes de ir embora
E você me disse o quanto meu prazer era sensível
e talvez eu aprenda um pouco de pompoarismo nas
    próximas

ou te surpreenda com o tantra, como você também fez,
    usando técnicas de massagem para me derreter

Será que você vem de novo?
ou eu te deixo ir embora?
até aprecio nossa amizade, mas já não aguento mais que me
    chame de amiga
Já não quero mais me restringir a ser uma parte diminuta
    da sua vida, nem de ninguém
Você se enxerga do mesmo jeito que as cartas me dizem?
    você vê algo na gente? além de uma brincadeira? vai me
    levar mesmo para comer comida tailandesa? com sua
    amiga drag?

Você que é não monogâmico e eu que nem sei se sou
    transponível no campo do amor até agora
nenhum namoro na conta e você me conta como sua mãe é
    apegada às suas namoradas do presente e do passado
e espera que elas cuidem de você
e eu acho isso um pouco absurdo
mas quero ser querida por sua mãe também
e cuidar de você
mas sem impedir que você cuide de mim
ou que eu desaprenda a cuidar sempre de mim primeiro

Você me mostra fotos de pessoas amadas na sua galeria
e eu entre elas, mas só tem uma
e eu quero ser várias memórias

Com você, me disseram as cartas, é o 9 de ouros, eu
    desacredito, parece bom e ruim demais para ser de
    verdade essa mentira de gostar de alguém tão realmente
    múltiplo como você

Eu deveria terminar este poema
não deveria te esperar depois da capoeira
devia focar no meu frevo
na minha vida, que já anda tão bagunçada e adulta que
    me cansa
mas seu flerte me trouxe enredo pra novela da vida nas
    últimas semanas

E eu quero criar mais roteiros
em que você seja esse personagem
que me conta histórias de mim mesma que ainda nem sei

Será que cê vem de novo?
vem comigo
vem

Fico inútil

Fico inútil de coração partido
quebrado, furado dessas agulhinhas que prendem aviso de
    mural na parede e têm bolinhas coloridas nas pontas
eu já tenho dessas alojadas no peito
e furam mais fundo
toda vez que recebo um novo não

Minha mãe me mandou preparar perfume, melão, tecido
    vermelho, chocolates e champagne para minha pombagira
para que ela abençoe os meus caminhos no amor
acho que só a energia celestial para me ajudar nesse ramo

Não está fácil
me sentir fácil demais
me entregando de peito aberto
com pessoas que me encoxam pés na bunda

Esse último menino
me deu uma balançada
Ifá já tinha me contado
mas eu teimosa fui
não tem amor
minha mãe dá uma risadinha, entre eu perguntar dele e de
    mais duas outras moças

Ifá vive me dizendo que me interesso por gente drogada
todo mundo é drogado? qual o conceito de droga dos búzios?
eu não sei bem ao certo

Mas esse último menino
mexeu comigo
falou assim
Amiga, topa ser minha amiga? depois que eu já tinha chorado
    em sua boca, escrito poema, contado sobre o embrolho
    do seu flerte para meio mundo
e desejado
que eu pudesse ajudar a curar, com o meu coração meio
    quebradiço, o coração despedaçado dele

Ele me conta
que chora à noite antes de dormir lembrando da
    companheira que decidiu ir embora
e que escreve poemas pra ela
e sobre o pedido de casamento
que ela aceitou, mas depois enterrou

Ele me conta dessas bonitezas que entregou pra ela
e penso que ela foi boba de deixar tudo isso escapar de
    suas mãos
mas também penso que não posso julgá-la por coisas
    que eu nem sei ou nem senti

Eu me pergunto se um dia receberei todas essas coisas
    ou mais
eu choro escrevendo canções de peito dolorido

Eu espero que ninguém chegue ao escritório agora e me veja
    chorando
por mais alguém
que não pôde me amar

Eu sou passível de amar?
eu escrevo no meu caderno a afirmação matinal de que sim

Eu sou merecedora do amor
o amor também me pertence por direito

Mas quando ele chega? Já está atrasado? Se atrasou muito

O passarinho acorda esse menino dando bicadas na janela
parece cena da Disney, mas ele é só indígena
menino xucuru conectado com os encantados,
eu queria ouvir mais das suas histórias

Ele me diz na cama enquanto me abraça e me dá um fora
que ainda gostaria de continuar construindo afetos
e eu pergunto se posso dar um último beijo nele
e nos beijamos, meio sem gosto
minha mão imóvel
com medo de violar o corpo que diz não me querer mais
    presente

Ele acaricia meu cabelo e eu guardo lágrimas no peito
ele acaricia meu cabelo, respiro fundo e tomo coragem para
    ler o último poema que escrevi pra ele
aquele que prometi que não iria mostrar
para que ele não ficasse achando por aí
que eu estava apaixonadinha
e eu não estou nem estive

Mas bem que quis
me apaixonar de novo
por quem não teria amor pra me dar
e escrever poemas
sobre quem não queria me ler

E é difícil
guardar tanto afeto no peito

E eu deságuo dentro de mim
enxurrada de afeto de um coração partido

Amor só é bom se doer: teu cu, Vinicius — responderam duas
    artistas ao mesmo tempo em uníssono

Enxugo e assoo o nariz com papel-toalha
tenho que me recompor, sair do escritório, ir pra aula,
    caminhar normalmente
fingindo que não carrego por aí, alojadas,
pequenas agulhas de costura no peito

não é porque Ifá já tinha me contado
que não vai doer

ele me pergunta
se quero conversar sobre o fora que me deu ontem
e eu respondo que agora é um trabalho interno

com a minha solidão
eu sempre lidei sozinha

eu lembrei que ele acariciou minha mão e a colocou sobre
   a dele
agora que sei de tudo
fico pensando
se ele não imaginou
nem que por uma fração de segundos
colocar o anel que não cabia mais na mão dela
no meu dedo

[desse menino tenho mais memória porque escrevi poesias
sobre ele no momento em que tudo aconteceu, mas isso não
quer dizer que eu não tenha me apaixonado e sofrido por
muito mais pessoas igualmente

meu coração é giganteeeee

e a solidão, proporcional]

X

Quando é que a gente se encontra de novo?
Em que fronteira, pedaço do mundo nossas peles vão
poder conversar, nossos corpos dançar e nossas
línguas se enrolar?
Quando os sorrisos anunciarem a chegada e percebermos
que estamos aqui, no agora da infinitude de tudo que
podemos ser
Eu escrevo poemas de amor pro mundo, para quem não
me ama e para quem me ama também
E sobre você não sei se importa tanto assim
Sei que importa escrever
Dizer sem receio o que sinto
Foram três toques: dizer que você é uma pintura, receber
sua abelha no meu pescoço e, entre o táxi do amanhã
para um outro país, um recepcionista que quebra
protocolos, minha amiga uruguaia e nossa irmã
australiana
Entender que não havia outro tempo senão o agora
E anseio por outro agora
Que sua intuição diz que será logo e eu imagino que ela
esteja certa
E espero traduzir meus livros para voltar para terra
inundada de dor que me apresentou você
E espero que bailemos docemente as canções que ainda
sequer foram escritas
As que podemos compor juntes e aquelas que outras
pessoas escreverão, mas que farão tanto sentido
Como se as tivessem escrito nos assistindo

Espaços de mim te esperam, minha casa, meu futuro gato,
    as histórias que ainda não vivi para te contar
Um corpo envelhecido e mais sabido
Um fonema enferrujado, estranho ao meu idioma, para
    cantar seu nome doce
Com sutileza e afeto
Te espero alegre
Te espero

Ele era fel

Eu me enfeiticei pela voz dele

Ganhou o mundo com a poesia
Cantou sílabas doces nos meus ouvidos em áudios
intermináveis
Me prometeu uma visita entre continentes

Eu também disse
que iria se pudesse

E depois sumiu
e voltou
e daí eu decidi ignorar, pela primeira vez na vida

Algumas vezes que entreguei poemas para pessoas por
  quem estava apaixonada
Muitas delas correram, quase todas, na verdade

Nas próximas eu vou oferecer este livro e dizer: depois
  não vem dizer que não avisei
Poupe nosso tempo antes que eu tenha que escrever um
  novo poema que te faça fugir

Me aceita desarmada assim?

Mensagem que não mandei para ela no WhatsApp depois que ela parou de me responder

Oi! Tudo bem? Então, xxx. Eu não queria ter que te escrever, mas eu acho importante, pois somos amigas antes de qualquer coisa. Eu não gosto da sensação de que talvez esteja pressionando alguém, e acho que realmente não estou. Só perguntei quando você viria de novo e você sumiu.

Você já ouviu falar da solidão da mulher negra? Não sei se sim ou se não. Como mulher branca, talvez não. Mas é um assunto bem sério. Eu tô até escrevendo um livro sobre isso.

Em resumo, não queria que a gente namorasse, nem nada do gênero. Eu só gostei de sair com você e não via por que não continuar. E tudo bem se você não quisesse e só me mandasse uma mensagem dizendo *pô, não tô afim, foram só aqueles dias mesmo.*

Mas eu não sei por que acham que a gente consegue lidar com silêncios como se fossem respostas. O silêncio é a dúvida, e a dúvida deixa a gente sem reação.

Eu tenho buscado ser agente dos meus desejos, mas, em um mundo covarde demais para amar mulheres negras ou dizer que nem dá conta de amá-las, fica difícil.

Eu não quero que você responda. Eu só queria que você soubesse que seu sumiço para mim dói mais.

Poema múltipla escolha sobre o que você pode fazer em vez de me dar um *ghosting*

( ) Responder a mensagem que mandei perguntando quando nos veríamos de novo dizendo que não quer mais sair comigo.

( ) Responder dizendo que não quer agora porque não está num bom momento.

( ) Responder dizendo que começou a namorar uma pessoa branca depois de dizer que não queria nada sério e isso exemplifica o quanto o racismo molda os afetos.

( ) Não esperar a festa – para a qual eu nem fui – para dizer que não rolaria mais.

( ) Não ter que me fazer mandar um áudio dizendo como a merda do seu *ghosting* me faz sentir péssima e te dar uma aula sobre solidão da mulher negra.

( ) Não ter que me fazer falar de você na terapia.

( ) Não me dar um novo trauma.

( ) Não me fazer lembrar de você ouvindo qualquer piseiro de coração quebrado.

( ) Não me fazer assustar nossa amiga de time na
manifestação pela democracia dizendo que você poderia
usar seu vasto vocabulário de beletrista para dizer o que
quer que estivesse sentindo.

( ) Não me levar a escrever esta porcaria de poema.

Nenhuma das opções é sumir.
Ser afetivamente irresponsável.
Me entregar o silêncio como opção.

Eu sofro por amores
Que me fazem escrever bons poemas
Esses poemas me rendem livros
Que se tudo der certo estarão entre os mais vendidos
Estando entre os mais vendidos eles me dão dinheiro
Dinheiro que eu uso para pagar terapia
Para curar o coração quebrado por esses amores

A gente ficou de fazer um yakissoba
Você trouxe frango vegano para deixá-lo melhor
Já faz dois meses do nosso único e último encontro
E o frango vegano continua no congelador
Quero criar coragem para fazê-lo na mistura de mel vegano
    e mostarda que deixa ele bem bom
Para ver se adoça meu peito
E a memória de você aqui se esvai

Eu percebi rolando minha lista de melhores amigos no
Instagram que já fiquei com metade das minhas
amizades, ou já quis ficar

Essa demiafetividade vai me matar

O que eu poderia ter feito para as pessoas não irem embora

Ido à fonoaudióloga com aquele garoto que eu não
    entendia o que dizia, antes do primeiro encontro
Aprendido mais sobre a história dos papangus para
    capturar por mais tempo a atenção do historiador
Fingido que não conhecia a menina com quem eu saía
    e que ao terminar o relacionamento aberto com
    a namorada ficou mais interessada em pessoas
    estranhas do que em mim
Ter limpado melhor os ladrilhos do banheiro que
    imagino que a amiga de time viu quando foi lá em
    casa e depois daquela vez me deu um *ghosting*
Levado um coquetel molotov no encontro com o sueco
    que depois de ter finalizado o primeiro encontro me
    perguntando sobre quando seria nosso segundo,
    escreveu por mensagem que não tinha sentido a
    faísca que o fizesse desejar a continuação

PARTE III
Pito de Mulamba

O primeiro guia

O primeiro guia me contou no terreiro, quando eu chorei
 contando da primeira menina que levou um pedaço de
 mim embora,
que muito mais gente passava por isso do que eu podia
 imaginar

Quedas de búzios

Jogo I
Só teve uma queda ruim no seu jogo
Você o ama de verdade? Não
Então ele pode ser um psicopata, termine já!

Jogo II
Ela é drogada
Ela (ah, é ele) não te ama
Com ele não tem amor
Ela pode ser que vire amizade ou algo mais
Amor se constrói

Jogo III
Não sei o que tem de errado com sua vida amorosa, não vai
    pra frente, né?
Tem que dar presente pro lado feminino, algo para agradar
    sua moça

Festa de Esú e Pombagira

O povo da noite sempre me ensinou mais do que eu pudesse
    imaginar
Toda acanhada, sempre fui a pessoa magrela, desengonçada,
    óculos desde os doze e o estereótipo de ser só inteligente
    – quase como se eu não tivesse um corpo afinal de
    contas, só um cérebro

Estávamos todes cantando, dançando, bebendo
Na única festa do ano em que o barracão ganha tons mais
    escuros
Eu no meu canto, batendo palma e cantando, deixo escapar
    um bocejo
Uma mulamba linda, linda mesmo, se aproxima de mim
A moça tá com sono, é?

    Tira esses óculos, desata essa cara, esquece seus
    traumas, vai ser livre, viu? Vai ser livre, você não
    é estudiosa?

    Sou, acho que sou.

    Então, agora vai ser estudiosa de pinto e buceta...[1]

---

1   E daí o livro que era um monólogo sobre solidão deixou de ser.

PARTE IV
Exercícios de ser piranha

Playlist para ser putona

1. "Eu vou te macetar" – MC Branquinha, DJ 2F, MC Henny
2. "Oi, sumido" – N.I.N.A, Zarashi, Terra
3. "Oompa Loompa" – Slipmami, LARINHX, Heavy Baile
4. "Jeito de bandida" – MC Lizzie, Lastra, #estudeofunk
5. "Set Ajc" – Ajuliacosta, Mac Júlia, N.I.N.A, Alt Niss, NandaTsunami, MC Luanna
6. "I Do" – Cardi B, SZA

Conciliar prazer com rotina corrida de poeta,
cientista social, futura antropóloga, filha de três,
humana de um gato...

Cada mulher tem um gosto

Às vezes me dá sede do nada

Metas para o ano-novo

- Dar mais
- Ser uma grande piranha
- Puta mesmo
- Ficar larga
- Descadeirada
- Vão me olhar e dizer *ela deu*
- Mama, pega no meu peito e mama
- Sentar no maior número aprazível de bocas
- Não passar nenhuma sexta-feira em casa
- Quebrar – de cansado – meu vibrador indiano
- Tô fazendo amor... com a favela todaaaa
- Ser estudiosa de pinto e buceta
- *Sommelier*
- Jorrar rios e cachoeiras
- Tá descontrolada, tá descontrolada
- Desfalecer no gozo
- Cultuar meu prazer
- Aqui minha xota é tipo a Rússia
- Não esconder meus desejos
- Nem de mim
- Nem de ninguém
- Não me desculpar por sentir nem por querer
- Dar muito
- E de novo
- E de novo
- E de novo
- *Ai*
- E de novo
- *Ai, ai*

Eu espero que contar para as pessoas do meu coração, que
    nunca foi preenchido e partido tantas vezes, as ajude
a se sentirem menos sozinhas
do que me sinto

Quem quer construir uma vida com uma mulher negra?

Além de me chamar de gostosa
Aceitar que o céu cai todos os dias sobre nossa cabeça
Que temos tarraxas de histórias passadas fincadas no
    nosso peito, pequenas agulhas nas extremidades do
    nosso sentir
E que é preciso cautela para pisar aqui
E que não queremos o dia único, a foda pela foda seguida
    de sumiço, do namoro com uma pessoa branca, do *eu*
    não estou na mesma vibe que você

É preciso um mundo de coragem para amar mulheres
    negras

Ordem inversa

Djavan diz que está tão feliz e o amor atrai
Eu sinto alegria sem o amor aqui, não é descompleta
Eu me sinto plena, reconhecida em minhas potencialidades,
    falo uns cinco idiomas e danço maravilhosamente bem
    e o vestido vermelho que usei na quinta-feira estava
    impagável
Me aprecio no espelho
Encaro minha superfície e meu pensamento
Eu aprecio o que vejo
Agraciada com corpo, inteligência, espírito em constante
    crescimento

Lembro da crônica de Martha Medeiros que li na
    adolescência sobre mulheres bem-sucedidas terem
    dificuldade de encontrar alguém à sua altura para se
    relacionarem
Eu não quero ficar mais baixinha do que meus 1,56 m

Me sinto alegre de ser
eu mesma, minhas potências, minhas histórias e as que
    ainda não sei
Vou rumando
Sendo
Cada vez mais
Eu

Quando o amor chegar, já estarei alegre aqui

eu tenho direito
aos toques sutis da vida
à ternura
ao afeto
ao desejo
em todas as suas formas

Eu não sei se tô rindo ou chorando
Acho que tô rindo e chorando
Porque numa quarta-feira à noite eu quero muito dar
E me sinto sozinha

E o fato de ela não responder minha mensagem
Não é só o fato de ela não responder minha mensagem
Mas todo o acúmulo de mensagens não respondidas de anos
Que me remetem à sensação intermitente da falta

Cada não para uma mulher negra dói mais, eu juro
Ou pelo menos tenho essa teoria

E eu vou fazendo graça para mim mesma
Para rir da minha própria solidão
Para ver se ela se torna menos insuportável

Oxum apareceu para mim no oráculo de cartas feministas
E eu não vejo a hora da próxima sessão com a minha
     psicóloga
Para contar para ela que estou tentando, eu juro que estou
     tentando
Aprender com o reflexo no espelho que as cicatrizes não
     me delimitam

Eu jogo rosas vermelhas no mar, repito afirmações positivas
    sobre o meu direito ao amor
Faço zombaria da perspectiva monogâmica e romântica que
    me introjetaram
Mas não parece ser suficiente

Meus esforços são minúsculos perto de quinhentos anos de
    moldura de um mundo que odeia corpos como o meu
Ouvi um amigo dizer que o racismo tira sua vontade de
    viver todos os dias
Por aqui a solidão que brota nele me lembra
Que eu não posso ter tudo sem ser lembrada de que não
    esperam que eu mereça alguma coisa

Além de um sumiço
Uma ausência
Mais uma

Essa eu não esperava

Mas às vezes dá vontade de não esperar nada mesmo do
    mundo

Para doer menos

Para doer menos eu prefiro pensar que não estou chorando
por nunca ter namorado, por ter passado as festas de
fim de ano com a sensação de que uma presença estava
ausente, por nunca ter sido apresentada como a namorada
de ninguém, por nunca ter recebido flores, ou ter sido
apresentada na roda de amigos, nem ganhado um beijo de
boa noite, um cartão de dia dos namorados, ou nunca ter
dormido de conchinha mais de duas vezes com a mesma
pessoa, nem transado mais de uma vez com uma pessoa
sem que ela suma depois, ou me bloqueie, ou me dê *ghosting*,
ou me dê *orbiting*, ou me dê gatilhos para minha solidão que
parece infinita

Para doer menos eu prefiro pensar que estou chorando pelo
    simples fato de não ter por onde escoar a libido
Molhada, se a água não sai no gozo
Sai no choro

É tão bom rebolar nos seus dedos

Lista de desejos

* Fazer coisas bregas com você
* Cantar enquanto você toca no teclado da sala
* Rebolar mais nos seus dedos
* Ir ao Cinesala ver filmes juntas no sofá de casal agarradinhas debaixo do cobertor
* Me sentir acolhide mais vezes, como me senti entre ontem e hoje
* Dizer *eu te amo*
* E ouvir *eu te amo* de volta com mais frequência
* Para além das conversas no telefone com a minha vó

Você me faz querer ligar para minha avó como ligo quase
     todas as semanas
E dizer para ela que tem algo que me faz muito feliz
Mas que, se eu contar, não quero que ela deixe de me amar
Que tem mais uma mulher na minha vida
E que parece que a gente nasceu para estar junto

Eu te amo, baralho de tarô

Estou lendo cinco livros sobre o amor ao mesmo tempo
Enquanto te amo devagar e tranquilo
No sábado você disse que achava que me amava
Eu respondi *sim* de volta, mas depois passei o dia pensando
que era injusto dizer sem sentir
Daí, à noite, como sempre, depois de trocarmos de corpo
uma com a outra
Eu disse que estava apaixonada, grandemente apaixonada
Mas que eu te amo era muita coisa para duas semanas,
por mais intensas que fossem, e somos com nossas
Vênus em Peixes, e eu com meu ascendente pisciano
dos 24 anos
Daí eu te disse *eu te amo, brotinho*
Que quer dizer que eu imagino as histórias de vida mais
maravilhosas do seu lado e no momento somos o início
desse tudo juntas
Mas que ainda é brotinho, dente de leite que vai cair e dar
lugar ao definitivo, andar de bicicleta com rodinhas para
daqui a um tempo tirar as rodinhas porque aprendemos
a andar
E você me diz que ainda está aprendendo também
E peço uma analogia que explique seu amor por mim
E você diz que tudo é um tanto imprevisível
Por isso, *eu te amo, baralho de tarô*

Merecedora de amor

Você, insegura, me ensina que não sou a única
No meio da noite eu choro, como fiz há um tempo atrás
    numa madrugada praguejando aos céus, mas dessa
    vez no seu colo
Olho pela janela desviando o olhar molhado para o céu
    e penso
Que eu só sei que te amo, te amo demais, vem
E quando digo que te amo e você também
E saber que você me ama assim, sem garantia do amanhã,
    mas a confiança no desejo do agora me prova que
    posso ser amada
Como às vezes duvidei que poderia

Virei uma piranha apaixonade

Parem de cagar nos meus afetos

Jamais esquecer que sou o primeiro e *maior* grande amor da minha vida

O texto foi composto em Trade Gothic LT e Adelphe,
impresso em papel off-white no Sistema Digital Instant
Duplex da Divisão Gráfica da Distribuidora Record.